Tina Charcoal Burner

Celines
Geschichte

Für Jugendliche unter 18 Jahre
nicht geeignet

Herstellung und Verlag
Books on Demand GmbH, Norderstedt
© 2013

Coverfoto
TCBurner & Arts, Coburg
© 2013

ISBN 978 3 732 254 538

Alle Rechte liegen bei der Autorin

Vorwort

Für Jugendliche unter 18 Jahre nicht geeignet

**Ähnlichkeiten
mit lebenden Personen
und Namen
sind rein zufällig
und keinesfalls beabsichtigt.**

Diese *reale* Geschichte spiegelt das Leiden vieler Frauen auf dem ganzen Planeten wieder, die sich aus Liebe zu ihren Männern, nicht aus eigener Kraft lösen können.

Diese „Hörigkeit" geht manchmal so weit, dass diese Frauen bewusst oder unbewusst alles aufgeben, in der Hoffnung, dass alles gut wird. Dadurch geraten sie in eine Abhängigkeit, die schamlos und brutal ausgenutzt wird.

Einige Szenen und Ausdrücke wurden abgeschwächt, weil sie etwas zu hart erschienen.

Auch wenn es einige Leser nicht glauben............

Es gibt Frauen, die sich sogar für einen Mann freiwillig prostituieren nur um seine „Liebe" oder „Gunst" zu erhalten.

Celines Geschichte

So etwas konnte natürlich nur mir passieren und das an unserem einjährigen Hochzeitstag.

Wäre ich an diesem besagten Tag nur nicht so bald ins Büro gefahren um ihn zum Gemeinsamen Essen in unser Stammhotel abzuholen.

In flagranti hatte ich diesen feinen Herrn erwischt, mit seiner schamlosen Sekretärin, die unten herum völlig entblößt auf dem Schreibtisch lag und es sich richtig von ihm besorgen ließ. Sie genoss es regelrecht und feuerte ihn mit ordinären Sprüchen an. Meine bessere Hälfte nuckelte schmatzend und keuchend an ihren Brüsten, bis sie ihn sacht von sich schob. Sekunden später rutschte sie vom Tisch und bestand auf einen Stellungswechsel. Lachend drehte sie sich um, beugte sich aufreizend langsam nach vorne, reckte ihm das Hinterteil entgegen und spreizte ihre Beine. Er griff ihr dazwischen, worauf sie stöhnend um einen heißen Ritt bat. Erneut drang er in sie ein und stieß zu, was ihr Schreie der Verzückung entlockten.

Ich stand wie erstarrt und schluckte.

Jetzt wurde mir auch klar, warum er mich seit einem Vierteljahr nicht mehr anrührte und täglich länger im Büro verweilte.

Überstunden schieben, nannte er das.

Dieses schieben konnte ich gerade live miterleben.

Die Genugtuung, hier eine heftige Szene von mir zu geben, würde ich nicht umsetzen.

Verletzt und völlig fassungslos, wollte ich mich aus dem Büro schleichen.

Er schien in diesem Moment, mein Vorhaben aus den Augenwinkeln bemerkt zu haben.

Als er mich entdeckte, winkte er mir locker zu.

„Warte! Ich komme gleich!", gab er aufstöhnend von sich, während er dieses Flittchen weiter bearbeitete.

Ich glaubte mich verhört zu haben.
Wie dreist war er eigentlich.
„Ich bin mir hundertprozentig sicher, Ronan, dass du gleich kommen wirst! Du kannst dir dabei Zeit lassen! Ich bin dann im Hotel. Vergiss vor lauter Überstunden die du gerade schiebst, nicht unseren Hochzeitstag!", gab ich zurück und eilte zum Aufzug
Gedanklich fluchte ich vor mich hin.
Nun gut! Besser jetzt und so, als es irgendwann einmal zu erfahren.
Es war bereits die zweite Beziehung, in der mich ein Mann mit seiner geilen Sekretärin betrogen hatte und die unter solchen Umständen in die Brüche gegangen war.
Der Aufzug ließ auf sich warten und ich wurde nervös.
Dreckstechnik!
Ich trat gegen die Tür.
Nichts!
Wütend entschied ich mich für den Lastenaufzug.
Endlich!
Die Türen ließen sich wie immer schwer öffnen und ich brach mir dabei einen Fingernagel ab. Verärgert stieg ich ein und schlug sie mit Nachdruck zu.
Tiefgarage!
Ich wollte gerade den Knopf drücken, als die Türen erneut geöffnet wurde.
Ronan!
Er stieg ein.
Grinsend zwinkerte er mir zu, stellte sich neben mich und versuchte die verräterischen Spuren seines eben noch genossenen Seitensprungs zu beseitigen, indem er die Krawatte gerade zog.
Ich kochte innerlich!
„Schon da? Du bist aber schnell gekommen? Da hätte

ich doch warten können! Deine Überstunden scheinen sich wahrhaftig bezahlt zu machen und ich hoffe alle wurden zufrieden gestellt! Schließ endlich die Türen!"
„Mein Gott! Celine du kannst deinen Sarkasmus für den Rest des Abends zügeln! Wir wollen doch unseren Hochzeitstag genießen. Ich weiß! Zur Entschädigung, weil ich dich in den letzten Monaten so vernachlässigt habe, werde ich dich heute Nacht richtig verwöhnen. Du wirst es in allen Stellungen genießen! Wir hatten ja eine kleine Abmachung!"
„Auf deinen unverschämten Vorschlag erwartest du hoffentlich keine Antwort von mir! Lass es gut sein!"
Bestimmend zog er beide Aufzugtüren zu. Langsam schritt er in meine Richtung.
Er lachte, drängte mich an die Aufzugswand und fing an mich zu befummeln.
In mir sträubte sich alles und ich drückte ihn energisch weg.
An ihm haftete noch der Geruch seiner Sekretärin und mir wurde schon beim bloßen Gedanken übel, dass er gerade noch teilweise in ihr gesteckt hatte und er mich nun auch noch berührte.
„Fass mich bitte nicht an! Ich finde es nicht besonders erregend und prickelnd, dass du mich mit den restlich ausgeschiedenen Flüssigkeiten deines Flittchens noch infizierst!"
Er fasste mir ins Haar und zog meinen Kopf dicht an seinen.
„Wie geil du mich machst, wenn du so extrem wütend bist. Ich werde dir Hier und Jetzt im Aufzug, eine von meinen Spezialbehandlungen verabreichen! Wenn ich Patricia damit zum Winseln bringe, wird es mir bei dir erst recht gelingen! Du bist ausgehungert mein Schatz und das seit Monaten! Nun hab dich nicht so!"

Mir stockte der Atem. Mit aufgerissenen Augen starrte ich ihn an.
Was ging in seinem dreckigen Schädel vor?
Insgeheim wusste ich es bereits! Wäre ich nur nicht auf seinen Vorschlag eingegangen um seine perversen Spielchen mitzumachen! Wie doof war ich eigentlich!
Bevor ich überhaupt reagieren konnte, drehte er sich um und brachte mit einer Handbewegung den Aufzug zum Stehen. Dann wandte er sich wieder an mich.
„Und nun zu uns, meine Süße! Wir haben eine kleine Abmachung! Unser gemeinsames Essen wird ausfallen und wir werden genau hier einen vergnügten Abend miteinander haben. Das gerade mit Patricia, war nur zum Aufwärmen. Ich werde dir hier einige heiße Ritte deines Lebens bescheren und dann wirst du in einem meiner zahlreichen Clubs verschwinden. Ja, damit hast du wohl keinesfalls gerechnet! Ich führe seit Monaten, dank deiner unfreiwilligen Finanzspritze, ein illustres und frivoles Doppelleben meine Liebe! Tagsüber der nette Chef und nachts der Fast-Zuhälter! Guck nicht so belämmert! Ihr Weiber seid alle nur notgeil und glücklich, wenn ihr es mal richtig knüppelhart und mit Nachdruck besorgt bekommt. Satte fünfundzwanzig Zentimeter müssen in euch stecken! Ach und komme nicht auf die Idee zu schreien. Wir sind alleine in der Firma. Ich habe der ganzen Belegschaft freigegeben und sie anlässlich der familiären Feier eingeladen, die gerade in unserem Stammhotel ohne uns stattfindet. Es war ein schwerwiegender Fehler von dir, die Firma an mich zu überschreiben! Nun brauche ich dich nicht mehr!"
Ich schluckte.
„Ronan, du hattest jetzt deinen Spaß und nun lass uns gehen!"

Er schüttelte mit dem Kopf.
„Zieh dich aus! Alles!"
Ich wich langsam zurück und stieß mit dem Rücken an die Aufzugswand.
„Nein! Vergiß es! Nach der Sache vorhin mit Patricia, habe ich keine Lust!"
„Zum letzten Mal! Zieh dich aus! Du hast gegen mich keine Chance und wir haben heute diese Absprache, dass du mir einen Wunsch erfüllst, egal was!"
Um seinen Worten mehr als Nachdruck zu verleihen, öffnete er seine Hose, präsentierte mir sein erigiertes Glied und presste mich an sich.
„Spürst du ihn? Schau ihn an!"
Mir diesen Worten verkrallte er sich in meine Haare, drückte meinen Kopf nach unten und keuchte.
Ich stöhnte und fragte mich verzweifelt, was auf mich zukam, wenn ich nicht mitspielen würde. Keine Ruhe hätte ich heute Nacht vor ihm. In den letzten Monaten kristallisierte sich sein Sexverhalten mehr und mehr ins Negative.
„Siehst du ihn?"
Als ich nicht antwortete, zog er meinen Kopf nach hinten, dass ich ihm ins Gesicht sehen musste.
„Ich habe dich etwas gefragt! Siehst du ihn?"
„Ja! Ich sehe ihn!", gab ich mit erstickter Stimme von mir.
„Gut! Er will dich! Du wirst ihm dienlich sein, bis ich dir sage dass es genug ist! Hast du mich verstanden!"
Ich nickte.
„Nimm ihn in den Mund und lutsche ihn, bis der Saft spritzt! Komm aber nicht auf die Idee zuzubeißen. Ich schwöre dir, du wirst es bereuen! Und nun fang an!"
Ich gehorchte und entschied mich, dieses Spiel eine Zeit mitzumachen.

Während ich ihn bediente und fast an seinem enormen Monstrum erstickte, da er meinen Kopf fest dagegen presste, unterdrückte ich den Brechreiz der dauernd in mir hochstieg, als ich daran dachte, dass er noch vor wenigen Minuten damit in seiner Sekretärin gesteckt hatte. Ich funktionierte nur noch wie eine Maschine.
„Jaaaaaa…...gib es mir! Lutsch du Schlampe! Schneller! Du weißt ich stehe auf diese Spielchen! Ohhhh! Gleich kommt es! Langsam! Gut so! Weiter! Ahhhhhhh…du geiles Luder! Ich werde es dir jetzt besorgen! Hör auf!"
Keuchend zog er meinen Kopf zurück und versetzte mir einen Stoß, dass ich nach hinten an die Wand des Aufzugs taumelte. Kurz darauf stürzte er sich auf mich und riss mir die Kleider vom Leib.
„Verdammt! Meine neuen Klamotten! Spinnst du? Es geht auch anders!", brüllte ich und schlug nach ihm.
Es nützte nichts. Ronan liebte diese Spielchen.
Bestimmend drehte er mich um.
„Ich hatte dich doch vorgewarnt, wenn du dich mir widersetzt. Zur Strafe nehme ich dich jetzt wie eine Hündin von hinten. Los! Doggystellung! Reck mir deinen Hintern zu und lass dich heftig von mir ficken, bis du um Gnade winselst, dass ich aufhöre! Zu lange habe ich dich geschont! Ich weiß, dass er zu groß ist und dir immer unangenehm war! Da musst du heute durch und ich werde es diesmal genießen, denn du bist so wunderbar eng und darauf stehe ich! Nur im Puff bei einigen der Mädchen findet man noch so etwas. Aber du hast mir bereits einige Male im Swingerclub Gesellschaft leisten und zusehen können. Inzwischen weißt du ja wie das geht!"
Ich gehorchte, obwohl ich nicht wollte und schob ihm meinen Po entgegen.
Er lachte und zog mich näher. Gleichzeitig fing er an,

meinen Rücken zu streicheln.

„Herrlich! Diese animalische, devote Stellung von dir, ist mit Abstand eine meiner Beliebtesten! Dabei habe ich geile Hochgefühle! Schade, dass du im Club immer nur passiv am Rande stehst! Du weißt ja nicht, was dir da entgeht! Ich hole das jetzt nach, ohne Zuschauer! Heute werde ich dir den Rhythmus vorgeben! Dein Arsch macht mich immer wieder an und du liebst es! Beine breit! So erreiche ich deinen süßen G-Punkt am allerbesten und die Stöße von mir, wirst du diesmal auch überleben! Ich werde dir deine Brüste massieren und die Klitoris streicheln! Es wird deine Lust steigern und du wirst nach mehr wimmern!"

Ich stöhnte auf, als er in mich drang und sofort mit heftigen Stößen malträtierte.

„Hab dich nicht so! Deine Möse wird schon noch vor Saft laufen! Ich stehe voll auf trocken beim Einführen! Wie ein Reibeisen! Jaaaaa!"

Er heizte sich selbst an, indem er mich auf übelste Art und Weise titulierte und heftig auf meine Pobacken schlug. Immer und immer wieder dieses Spiel, dass er so sehr bevorzugte.

Ich selbst konnte lautes Stöhnen nicht unterdrücken, obwohl ich es verzweifelt versuchte. Er wusste, dass er mich genau in einer Stellung hatte, dir mir mehrere Orgasmen bescherte.

„Wusste ich es doch! Jaaaaaaa…….und noch ein Stoß! Herrlich! Deine Möse ist heiß wie ein Supervulkan! Ich muss aufpassen, dass es mir nicht gleich kommt! Ja! Noch ein Stoß! Bück dich, damit ich tiefer komme! Gut! Weiter so! Und nun beweg dich vorsichtig! Ja! Stopp! Nun bleib so! Ich fange von vorne an!"

Er stieß mit Nachdruck noch mehrere Male zu, dass ich vor Verzückung aufschrie und glitt dann langsam aus mir heraus. Ich zitterte am ganzen Körper und wagte nicht, mich zu rühren.

„Celine, du bist das geilste Stück, das ich je bestiegen habe. Du wirst das beste Pferd in meinem Stall sein. Es fehlt dir jedoch etwas Schliff und den werde ich dir mit ein paar Freunden heute noch geben. Du kannst dich umdrehen und etwas ausruhen, wir machen gleich weiter."

Nach diesen Worten schlug er mir mit Nachdruck auf den Hintern.

Ich zuckte zusammen.

Lachend stupste er mich an, dass ich den Halt verlor und nach vorne kippte. Dann drehte er mich mit einer sanften Bewegung um und zog mich wieder an sich, so dass er beim nächsten Akt nun über mir zum Liegen kam. Sein Glied war immer noch erigiert und pulsierte gegen meine Vagina, als wenn es um Einlass bat.

„Soll ich weitermachen oder möchtest du eine Pause? Ich denke du hast sie dir nach diesem zehn Minuten Ritt auch redlich verdient. Wie ich sehe, ist deine Süße da unten gut durchblutet worden und mein Bester ist wieder bereit ohne nur ein einziges Mal abgespritzt zu haben. Du kennst ihn ja und seine Ausdauer. Er wird dir heute noch ein paar schöne Stunden gönnen. Hast du eine Frage?"

Ich nickte.

„Na dann raus damit!"

Er setzte sich auf und schaute mir in die Augen.

„Ronan du hattest jetzt deine Rache und deinen Spaß. Ich kann nicht mehr und es tut mir alles weh. Lass uns nach Hause gehen und dort noch etwas feiern. Oder ist das alles dein Ernst! Du weißt schon, dass mit den angeblichen Freunden und dem Club."

Er lachte und griff mir erneut zwischen die Beine, dass

ich zusammenzuckte.

„Nein, mein Liebling es ist kein Spaß! Ich werde dich nach allen Regeln der Kunst verwöhnen und selbst erst befriedigt sein, bis ich endlich abgespritzt habe. Und dann machen meine Freunde mit dir weiter. Sie warten bereits in der Tiefgarage auf ein Zeichen zur Übernahme von mir. Also? Mache dich auf eine lange Nacht gefasst!"

Ich versuchte aufzustehen, was mir nicht gelang, denn Ronan stürzte sich sofort auf mich und schon lag er über mir.

Ich versuchte ihn weg zu drücken und dann küsste er mich, bis ich keine Luft mehr bekam. Danach blickte er mich grinsend an.

„Sei doch vernünftig! Oder möchtest du, dass wir dich zu viert bearbeiten?"

Ich schüttelte meinen Kopf und wusste, dass er die Versprechungen in die Tat umsetzte.

„Braves Mädchen! Ich mache jetzt weiter und du wirst mir fleißig dabei helfen. Diesmal die einfache Variante, die Missionarsstellung."

Er drückte bestimmend meine Beine auseinander, rieb sein Monstrum an mir, das erneut immens anschwoll. Ich stöhnte und wusste, was nun kam. Er klemmte ihn zwischen meine Schamlippen und bewegte sich ganz vorsichtig auf und nieder. Es war ein spezielles Ritual von ihm. Er wusste, dass er mich so stark anreizte, bis ich flehte es mir gehörig zu besorgen. Diesmal strafte er mich außerdem damit, dass er meine Brustwarzen mit seiner Zunge und seinen Zähnen liebkoste. Mein ganzer Körper geriet in den Ausnahmezustand und ich schrie und stöhnte auf. Flehte ihn an, es mir ordentlich zu geben.

„Ja, meine Liebe! Stöhn nur weiter! Es wird für dich so

schnell keine Erlösung geben! Du bist da unten noch nicht geil genug! Ich muss dich wieder aufpäppeln! Wenn du mir anständig einen bläst verschaffe ich dir sofort Linderung!"

Er löste sich von mir und lehnte sich an die Wand. Ich kam seinem Wunsch nach und nahm sein bestes Stück erneut in den Mund.

Ronan bäumte sich auf. Er genoss und ließ es mich auch spüren. Stöhnend und keuchend verkrallte er sich in meinen Haaren und feuerte mich an.

Ich hoffte immer noch, dass alles ein Scherz war und wenn ich ihm gehorchte und das tat, was er von mir forderte, dass er mich dann nachhause brachte.

Ruckartig riss er meinen Kopf zurück.

„Genuuuuug…..leg dich wieder hin! Ich rate dir gut, darauf zu achten, dass ich nicht zu bald spritze! Nun mach deine Beine breit und genieße, so wie ich!"

Schweigend legte ich mich auf den Aufzugboden wie zuvor und er spreizte erneut meine Beine.

Sein Kopf versank in meiner Scham und dann fing er an meine Schamlippen mit Bissen zu reizen. Ich bebte und wand mich wie eine Schlange. Ronan nahm seine Zunge zu Hilfe und ließ sie flink und gekonnt über meine Klitoris gleiten.

„Ronan hör auf, ich vergehe vor Lust! Bitte steck mir endlich deinen prallen Schwanz in die Möse!", schrie ich, meinen letzten Rest Beherrschung verlierend.

„Genau da wollte ich dich haben, du kleines, versautes Stück! Schamlos, geil und schmutzige Worte von dir gebend! Dein Loch trieft vor Nässe! Ausgeliefert bist du mir! Halt doch endlich still, sonst rutsch ich wieder heraus! Ich steck ihn dir jetzt rein! Mein Gott…heiß wie in einem Vulkan! Ich verbrenne! Jaaa! Diesmal bist du anständig feucht! Ich weiß doch, wie ich dich auf

Touren bringe! Ich polier dich jetzt so durch, bist du schreist und um mehr bittest! Beweg dich auf keinen Fall, damit es mir nicht sofort kommt!"
Während er meine Brustwarzen mit seinen Händen sanft rieb und knetete, stieß er mehrere Male hart zu und hielt plötzlich inne. Fordernd küsste er mich auf den Mund und wiederholte das Ritual.
„Gefällt es dir? Und noch ein Stoß! Ja! Ja! Ich muss an mich halten, sonst spritz ich zu früh ab! Bewege dein Becken etwas! Noch ein klein wenig mehr! Stopp! Gut so! Ich bleib jetzt nur auf dir liegen! Du bist eben doch mein Mädchen! Wie gut sich das alles anfühlt! Spürst du wie er pocht und hämmert und nach viel mehr verlangt? Gleich bekommst du es!", hauchte er mir ins Ohr und stieß erneut zu.
Ich stöhnte verhalten und dann überkam mich eine Orgasmuswelle nach der anderen. Er wusste genau, wo er ansetzen musste. Ich hielt es einfach nicht mehr aus und schrie alles heraus. Dabei klammerte ich mich mit meinen Beinen an seinem Rücken fest, machte heftige Stoßbewegungen und keuchte vor Wonne.
„Ronan! Ohhhhh jaaaaaa! Mach weiter! Fester! Mehr! Jaaaaaaaaaa!"
Ich kreischte und bewegte mein Becken schneller.
Er bäumte sich auf, zuckte und dann ergoss er sich in mich.
„Verdammt ich komme! Verfluchte Schlampe! Ich hab dir doch gesagt du sollst aufpassen! Zur Strafe, weil du meinen Anweisungen nicht gefolgt bist, vögeln meine Freunde dich weiter! Viel Spaß! Ich werde ihnen dabei zusehen und wenn mein Schwanz erneut bereit ist, werde ich dir sofort den Mund stopfen! Ich weiß, du magst es nicht, wenn man dir in den Mund spritzt! Das ist die Rache dafür, dass du mich so frühzeitig

dazu gebracht hast! Du darfst später noch viel mehr schlucken und das aus vier Schwänzen!"
„Nein! Ich bitte dich! Tu es nicht! Was ist nur los mit dir? Ich verzeih dir den Seitensprung mit Patricia! Lass uns nachhause gehen! Unser abgesprochener Deal ist absolut nicht mehr spaßig!"
Ronan lachte, stand auf und holte sein Handy aus der Tasche. Kurz darauf hörte ich ihn mit jemand reden. Er grinste, drückte den Aufzugknopf für die Garage und dann ging es abwärts. Er machte wirklich Ernst. Langsam erhob ich mich und lief rückwärts zur Wand.
„Warum bleibst du nicht liegen? Es geht sofort weiter! Ich mache keine Scherze! Danach wirst du paar Tage nicht gehen können, dafür aber willig und hörig sein!"
Im gleichen Moment öffnete sich die Aufzugtür und drei kräftige Männer traten ein.
„Ihr?! Ronan, so war das nicht ausgemacht!"
Vor mir standen die Bekannten meines Mannes, die er mir einmal flüchtig als Kumpels aus dem Fitnessstudio vorgestellt hatte. Mittlerweile wusste ich, dass er mich angelogen hatte und sie in einem seiner Eroscenter als Aufpasser und Zureiter tätig waren. Langsam kamen sie auf mich zu und griffen nach mir.
Ich schlug nach ihnen. Lachend stürzten sie sich auf mich und drückten mich zu Boden.
Flehend blickte ich zu Ronan, denn ich hatte keinerlei Chance gegen diese Muskelpakete.
Dieser musterte mich eiskalt und gab seinen Freunden ein paar Tipps, wie sie mich zu handhaben hatten.
„Entspann dich Süße, sonst tut es dir nur unnötig weh und du könntest Verletzungen davon tragen! Ein Teil war bereits Absprache! Spiel einfach weiter mit!", gab mir einer den Ratschlag.
Ich gehorchte.

Chance gleich Null, ihnen im Aufzug zu entkommen.
Aus dem Hintergrund hörte ich Ronan.
„Meine Aktien steigen auch schon wieder!"
Einer der Typen präparierte mich mit Vaseline.
„Es geht sofort weiter! Erst vorne! Ach, gestatten, ich bin Matze und du wirst mir einen blasen! Dirk fickt dich richtig durch und Mark bearbeitet deine Titten. Danach Wechsel, bis jeder mal dran war! Wenn du auch noch einmal ran willst, Ronan, dann sag es! Wird hart werden für die Lady, aber das ist ja noch die harmlose Variante. Die Kür kommt später! So, damit du weißt, an welchen Schwänzen du dich erfreuen kannst und mit welchem du es zu tun bekommst, werden wir sie dir vorstellen. Dreiundzwanzig und achtundzwanzig Zentimeter! Mark hat den Größten, deshalb kommt er am Schluss dran, sonst bist du vorher schon fix und fertig! Also Jungs, los geht's!"
Dirk legte sich auf mich und drückte grinsend meine Beine auseinander.
„Das wird ein geiler Ritt!", kam sein Kommentar.
Ich bekam Panik beim Anblick dieser Potenziale.
Im selben Moment hatte ich den Penis von Matze im Mund, der bis zum Mandelansatz steckte. Ich würgte verzweifelt, während er mich kniend bearbeitete.
„Blasen! Nicht würgen! Nun mach! Stell dich nicht so an! Blowjobs sind das leichteste in dem Gewerbe. Wir haben bezahlt und wollen auch dafür ordentlich etwas geboten bekommen. Du musst keine Angst haben. Ronan hat erzählt, dass nur er das Privileg hat, dich schlucken zu lassen. Ich spritze dann über deinem Gesicht ab! Jetzt gib Gas, aber denk daran, aufpassen, damit wir nicht alle gleichzeitig zum Schuss kommen! Du allerdings darfst kommen, soviel du willst! Wirst du eh, auch wenn du es mit Gewalt zu unterdrücken

versuchst! Wir drei haben die längere Erfahrung und glaube uns, du wirst vor Glück nach mehr verlangen! Ronan hat erzählt, auf was du beim Sex stehst!"
Ich fing an dieses Riesending in meinem Mund ganz vorsichtig zu bearbeiten. Mir blieb in gewissem Sinne auch nichts anderes übrig.
Flutschend rutschte er immer wieder heraus.
„Verdammt so geht das nicht! Dirk lass ihre Arme los, damit sie ihn festhalten kann! Und weiter im Takt!"
Ich gehorchte und sog daran. Er stöhnte auf, feuerte mich mit derben Sprüchen an, während nun auch Dirk langsam in mich drang und sich rhythmisch bewegte. Kurz darauf bearbeitete mich Mark.
Zuerst versteifte ich mich, versuchte an etwas anderes zu denken und wurde sofort von Matze an meine mir gestellten Pflichten erinnert.
„Blasen und Lutschen! Nicht aufhören! Jungs, ihr seid zu lasch! Bearbeitet sie mal kräftiger, sie schweift ab!"
Kaum das er den Rat gegeben hatte, ging es schon los. Dirk stieß immer heftiger zu und Mark biss mir fast die Brustwarzen weg. Ich schlug nach ihm, wobei der Schwanz von Matze erneut aus meinem Mund glitt.
„Aufhören! Sofort!"
Ich schrie erneut nach einer Attacke von Mark auf.
„Jungs! Keine sichtbaren Verletzungen! Ihr straft sie mehr, wenn ihr ganz sanft an ihren Brüsten vorgeht, da ist sie besonders empfindlich! Das gilt auch für ihre Muschi! Schön lange lecken und lutschen und sie wird zum Vulkan!", gab Ronan zum Besten.
„Du verdammter Drecks....!", weiter kam ich nicht. Matze schob mir sein Teil zurück in den Mund.
Ich gab auf und lutschte, was das Zeug hielt, während Dirk sich immer schneller in mir bewegte und Mark sanft meine Brüste und Warzen knetete.

Meine Erregung stieg, obwohl ich es nicht wollte und ich stöhnte erstickt auf.
Matze hatte sich in meine Haare verkrallt und stöhnte mit.
„Schneller Celine……..mir kommt es gleich! Du bist fertig, sobald ich abgespritzt habe und kannst dich auf den Fick mit Dirk konzentrieren. Jaaaaaaaa……weiter! Das nimmt dir etwas den Druck und du kannst deinen Orgasmus genießen. Jetzt! Ich spritzeeeeeeee……..!"
Matze zog ihn heraus und sein warmer Saft ergoss sich über mein verschwitztes Gesicht, was schon bald einer Linderung glich. Ich keuchte und schon hatte ich den nächsten im Mund.
Es war Ronan.
„Ich habe es dir prophezeit Celine und nun schlucke! Je schneller du mir einen bläst umso eher bist du erlöst und kannst das andere genießen. Du wirst heute noch einiges lernen."
Ich lutschte auch hier wie eine Irre, denn mittlerweile kam ich einem Höhepunkt näher.
Dirk war gerade dabei, meine Möse intensiv mit dem Mund zu bearbeiten. Er beherrschte es wirklich gut. Eine lange Orgasmuswelle durchzog meinen Körper. Ich bäumte mich zuckend auf und stöhnte.
Diesen Moment nutzte Ronan und ergoss sein Sperma in meinen Mund. Ich schlucke verzweifelt, während er ihn herausnahm. Er tätschelte meine Wange.
„Braves Kind! So schlimm ist das doch gar nicht! Jetzt genieße, denn Dirk ist ein Meister seines Faches!"
Mir war schlecht und am liebsten hätte ich das soeben Geschluckte wieder von mir gegeben.
Nur kam ich nicht dazu.
Dirk hielt sein Versprechen und machte sich intensiv über mich her. Matze, Ronan und Mark standen über

mir und brachten ihre Schwänze wieder zum Stehen, indem jeder die typischen Handbewegungen machte.
Ich wusste was das zu bedeuten hatte. Wenn Dirk mit mir fertig war, würden sie weitermachen. Panik kam in mir hoch, denn ich konnte jetzt schon nicht mehr.
Dirk riss mich aus meinen Gedanken.
„Nun beweg deinen Arsch mit, damit ich endlich zum Schuss komme! Ich will sehen, was du drauf hast! Da haben unsere Mädchen im Eroscenter ja mehr Pfeffer! Los mach!"
Er stieß immer mehr zu und wurde schneller.
Ich schrie auf. Eine erneute Welle durchströmte mich und dann war mir alles egal.
Mehr!
Ich wollte nur noch mehr!
Mein Körper geriet in den Ausnahmezustand, passte sich den Bewegungen von Dirk an und schon bereitete er mir den heißesten Ritt meines Lebens.
Ich umschlang seinen Rücken mit meinen Beinen.
„Yeah, Baby! Zeig es mir! Weiter! Mir kommt es jeden Moment! Jetzt! Ich spritze ab!", brüllte er.
Sein Saft schoss regelrecht in mich, dass ich es spürte. Noch zwei, drei kurze Bewegungen von ihm und dann lag er stöhnend und heftig atmend über mir.
Mein Körper war schweißnass und glühte.
„Guter Fick, Celine! Warum klappt das bei uns nicht mehr? Der Schwanz von Dirk ist ebenso groß wie meiner! Du bist prädestiniert für den Club! Es wird dir sicher Spaß machen, fremde Schwänze zu bearbeiten! Du brauchst das!", blaffte mir Ronan entgegen.
Mir reichte es jetzt.
„Halt endlich die Fresse Ronan! Ich hab es verstanden! Wie lange willst du dieses Spiel noch treiben? Können wir damit aufhören? Ich verstehe ja, dass du neugierig

bist, wie es ist, wenn mich fremde Kerle vögeln! Oft genug waren wir beide in Swingerclubs nur um bei diesen Massengangbangs zuzusehen! Wobei du eher aktiv warst. Es reicht! Lass uns endlich nachhause gehen! Ich habe genug und Durst! Hat wer von euch Spaßvögeln etwas Wasser dabei?"

„Celine, du hast es immer noch nicht kapiert! Es ist Ernst und kein Spaß und deshalb werden wir sofort weitermachen, bevor unsere Aktien fallen. Wenn Mark es dir besorgt hat, bekommst du etwas zu trinken. Wir müssen im Zeitplan bleiben! Also weiter!"

Entgeistert blickte ich in die Runde und fragte mich, was er mit Zeitplan meinte, als ich von Matze gepackt wurde, der als nächster dran war.

Vorsichtig legte er mich zurück und zwinkerte mir zu.

„Dreiundzwanzig Zentimeter, Baby! Die wollen sehr gut und vorsichtig eingeführt werden. Keine Angst ich bin vorsichtig. Ronan hat mir erzählt, dass du unten sehr eng bist. Falls du Schmerzen hast, dann sag es mir und ich mache vorsichtig weiter. Ein paar kleine Stöße müssen drin sein, obwohl ich in deinem Mund schon mehr als Genuss hatte!"

Verständnislos blickte ich ihn an.

„Matze, die Olle ist so eng, dass man nicht aufhören kann. Fast wie der Arsch meines Nachbarn, dem ich es öfters besorgen muss! Bei ihr kommt man voll auf seine Kosten!", gab Dirk zum Besten.

Mir wurde schlecht. Jetzt wurde ich schon von Typen die bi waren bestiegen. Verzweifelt versuchte ich mein Kopfkino auszuschalten.

Matze spreizte langsam meine Beine, befeuchtete seine Finger mit Spucke und rieb damit langsam meinen Kitzler. Ich stöhnte und streckte mich ihm entgegen.

Zwischenzeitlich wurde ich von Dirk an den Brüsten

stimuliert und Mark schob mir sein Riesenteil in den Mund, dass ich glaubte zu ersticken.
Automatisch fing ich zu lutschen an, in der Hoffnung, das es ihm gleich kam und ich durchatmen konnte. Er erwies sich als äußerst hartnäckig und somit konnte ich mich nicht auf die beiden anderen konzentrieren.
Dirk maulte bereits, weil meine Nippel einfach nicht steif wurden und Matze mühte sich auch umsonst ab um mich besteigen zu können. Ich wurde nicht feucht.
„Celine, es wird das beste sein, wenn du erst Mark so schnell wie möglich abfertigst. Sein Teil ist aber auch der Hammer. Mark und du zögerst nicht wieder alles hinaus. Wir wollen auch noch! Los jetzt!"
Ich war froh über diese Entscheidung und legte los.
Mark war nach ein paar Sekunden so scharf, dass er sich in meine Haare verkrallte.
„Saug! Oh mein Gott! Wie geil ist das denn! Ich freu mich schon, wenn ich dich dann vögeln darf! Weiter! Ja! Ja! Ahhhhhh! Ich komme!"
Mark ergoss sich entgegen der Absprachen in meinen Mund und ich schluckte alles angewidert nach unten.
Wütend schubste ich ihn weg und setzte mich hoch.
„Ich brauche jetzt etwas zu trinken, sonst kotze ich im Dreieck! Mark das war so nicht abgesprochen!"
„War es nicht, aber saugeil! Dafür spritz ich dir dann nicht in die Möse, sondern auf den Bauch! Ist doch ein fairer Deal!", gab er grinsend von sich.
Ronan hatte zwischenzeitlich eine Flasche Wasser aus einem der Rucksäcke gezogen, die von den Kerlen mitgebracht worden waren und reichte sie mir weiter. Ich riss sie regelrecht aus seiner Hand, öffnete sie und trank gierig. Kurze Zeit später fühlte ich mich besser und der eklige Geschmack in meinem Mund war weg.
Ich blickte fragend in die Runde.

Ronan gab grünes Licht zum weitermachen.

„Celine in die Horizontale! Beine breit! Brav! Jungs es darf wieder bestiegen werden! Zeigt es ihr!"

Matze wiederholte das Schauspiel erneut, beugte sich jedoch über meine Schamlippen und fing an, sie ganz zart mit der Zunge zu bearbeiten. Ich stöhnte auf und verkrallte mich in seine Haare. Dirks Zunge umkreiste ebenfalls meine Brustwarzen und ich geriet wie in eine Art Rausch. Ich vergaß meine gute Kinderstube und feuerte beide mit obszönen Worten an, was deren Lust noch steigerte. Matze sog und lutschte sich regelrecht an meiner Möse fest und brachte mich immer wieder zum Höhepunkt. Ich schrie mir die Lust aus der Seele und dann spürte ich Matze in mir.

Ich zuckte kurz zusammen, als ich ihn in mir aufnahm.

„Oh mein Gott! Ich sterbe! Was für ein pralles, großes Teil! Du hast nicht zu viel versprochen. Bitte bleib nur für einen kurzen Moment so stecken und bewege ihn nicht. Ich möchte ihn umschließen und spüren."

Ich hörte wie sich Ronan räusperte.

„Du sollst ihn nicht spüren, sondern vögeln! Genießen tust du bereits im ganz großen Umfang! Das kann bei Mark noch lustig werden, wenn er dich sein Monster fühlen lässt! So war es absolut nicht angedacht! Hätte ich gewusst, dass du auf große Schwänze stehst, hätte ich dir kleinere besorgt! Jetzt macht endlich weiter!"

Dirk war aufgestanden und stand beleidigt neben den beiden anderen. Er hatte wohl die Lust verloren nur an meinen Nippeln zu zupfen und spielte wie Mark an seinem Ding herum um es erneut auf Vordermann zu bringen. Matze hatte die Gelegenheit ausgenutzt und war auf Gesichtshöhe nachgerutscht. Er blickte mir in die Augen, zwinkerte und fing an mich zu küssen.

Ich war verwundert über mich, als ich es erwiderte. Es

gefiel mir. Irgendwie schwamm ich auf der gleichen Wellenlänge wie er. Ich sog mich an seiner Zunge fest und genoss nur, während er ganz langsam anfing, sich in mir zu bewegen. Ich stöhnte auf und dann fanden wir einen Rhythmus, der mich regelrecht davon trug. Matze ließ mich nicht ein einziges Mal aus den Augen. „Nun komm schon, Celine! Du hast noch mehr drauf! Dein Innerstes gleicht einem heißen Vulkan und ich muss mich beherrschen, dass ich nicht zu früh komme und meine Munition zu schnell verschieße. Es tut gut in so einer engen Möse arbeiten zu dürfen. Du gibst es mir noch nicht richtig! Nun mache und reite meinen Schwanz schneller, denn er steht bereits kurz vor der Explosion. Ich möchte mein kostbares Nass in deinen wunderschönen Körper ergießen. Ja! Und jetzt wird es sicher etwas unangenehm, denn ich lege nun richtig los! Jaaaaaa.......so ist es gut! Nun etwas langsamer! Wenn du so weiter machst, bin ich schneller fertig als bezweckt! Jaaaaa! Oh mein Gott! Warte ich leck dich noch einmal, so zögern wir alles hinaus!"
„Nein! Bitte noch nicht! Ich bin vor einem Orgasmus! Unterbrich in jetzt nicht! Ohhhhh…ich sterbe! Jaaaaa! Mach weiter! Ich komme!"
Ich schrie.
Einerseits vor Glück, die mir diese lang anhaltenden Orgasmuswellen bescherten und die ich nie bei Ronan empfunden hatte.
Andrerseits vor Schmerz, weil dieser Riesenschwanz in mir irgendwo anstieß.
„Autsch! Mein Gott du stößt irgendwo an! Ich kann nicht mehr, aber du darfst jetzt nicht aufhören! So guten Sex hatte ich noch nie! Ein Orgasmus jagt den anderen! Ja! Gib es mir!"
Matze bäumte sich auf und wir kamen gemeinsam. Da

sein Teil bis zum Anschlag in mir steckte, spürte ich es extrem stark, als er sich pulsierend in mich ergoss. Erschöpft blieb er auf mir liegen. Ich zitterte immer noch vor Erregung am ganzen Körper.

„Ich danke dir! Ich hoffe, ich habe dir nicht unnötige Schmerzen bereitet! Das war einer meiner heißesten Ritte! Sonst sind alle schnell verschwunden, wenn sie die Größe erblickt haben. Celine, ich würde es gerne wiederholen. Hat Spaß gemacht", gab er grinsend von sich und stand nach einem letzten Kuss, den er mir auf die Nasenspitze drückte, auf.

Ich lachte, was mir allerdings sofort verging, als Mark sich zu mir gesellte und nach seinem Recht verlangte.

„Leute, bitte eine ganz kleine Pause! Ich muss mich da unten etwas abkühlen! Ich kann nicht mehr!"

„Nein, auf keinen Fall! Selber Schuld! Was verausgabst du dich so! Mark fordert sein Recht und er bekommt es jetzt!", maulte mich Ronan an.

Kaum hatte Ronan geendet, schob sich der liebe Mark schon über mich und drang ein, ohne Vorwarnung.

Ich zuckte und schon bekam ich seinen monströsen Pimmel zu spüren, der gnadenlos gegen mein Inneres stieß.

„Du bist noch feucht von Matze! Stell dich nicht an! Diese achtundzwanzig Zentimeter schluckt dein Loch doch mit links! Oh, du bist wirklich sehr eng! Das wird ein guter Fick für mich! Ja! Ja! Halt dich fest, es fliegen gleich die Fetzen! Los beweg dich!"

„Ronan! Verdammt, was soll das jetzt! Ich brauche eine kleine Pause! Später könnt ihr weitermachen!"

Ronan stand teilnahmslos daneben und lachte.

„Was sind schon achtundzwanzig Zentimeter für dich! Du hattest gerade Zeit genug, bei Matze dein Loch anzupassen! Was ist da schon ein Zentimeter mehr?

Genieße, denn danach geht es von hinten weiter! Dir werden heute sämtliche Löcher gestopft! Einer von unten, einer von hinten und zu guter letzt dein Mund. Dirk, Matze was ist los mit euch. Ihr seid noch nicht fertig! Dirk stopf ihr das Maul und du Matze hast ab sofort Nippelalarm!"

Matze kniete sich zu mir. Ich sah ihn wütend an. Dirk schob sich über mich und schon hatte ich sein Teil in meinen Mund.

Ich lutschte und sog nur damit diese Tortur endlich zu Ende ging. Dirk freute sich wie ein kleines Kind, als es ihm kam und er sich genau wie Mark in meinen Mund ergoss. Ich schluckte angeekelt.

Matze war der Einzige, der mich behutsam behandelte und sanft meine Brust strich.

Mark rammelte wie ein Irrer auf und in mir. Matze gab auf und überließ mich ihm ganz. Für Mark schien es das Startzeichen zu sein und er legte richtig los.

„Baby, ich fick dich durch, dass du nur noch rückwärts laufen kannst und um Gnade flehst! Spürst du ihn? Welch enge Möse! Wenn ich mit abspritzen fertig bin, dann lecke ich dich anständig! Gehört zum Programm! Mir kommt es gleich! Nun beweg dich mit! Bei Matze ging's doch auch! Los jetzt! Endspurt!"

Seine Stöße wurden schneller und heftiger. Ich schrie vor Schmerz. Er keuchte und stöhnte, verkrallte sich mit seinen Händen in meinen Haaren und stieß immer weiter.

„Ja, Baby! Mehr! Wie geil du bist! Es kommt!"

Im gleichen Moment spürte ich, wie er sich in mich ergoss.

Stöhnend blieb er kurz auf mir liegen und begann in langsamen Stößen weiter in mir zu arbeiten.

Nein!

Nicht!
Verzweifelt versuchte ich ihn wegzuschieben.
Zwecklos!
Er war wie von Sinnen!
Ich merkte wie sein Teil erneut prall wurde und in mir anschwoll.
„Ja! Ja! Es geht weiter! Ich bin noch nicht fertig und er steckt noch! Ohhh Celine, du wirst die Englein singen hören! Warte ich verschaffe dir etwas Erleichterung!"
Er hob meine Beine an, zog mich näher und legte sie ohne, dass er aus mir heraus glitt über seine Schultern.
„So! Ich komme dadurch tiefer in dich und werde dir die reinste Wonne verschaffen! Auf ein Neues! Du bist wirklich sehr eng und ich muss unbedingt aufpassen, dass ich nicht vorher komme! Nun beweg dich endlich etwas im Rhythmus!"
Während seiner Ausführungen hatte er seine Taktik geändert und damit begonnen mich ganz langsam zu penetrieren. Ich stöhnte auf und bewegte mich ganz vorsichtig im Takt mit, als mich bereits die erste Welle eines Orgasmus überschwemmte.
Ich wand mich keuchend vor Wonne. Mark hatte nun den Dreh raus und übertrumpfte damit sogar Matze.
„Ja, mein Mädchen! Weiter so im Takt! Ich wusste es doch, dass ich dich auf den Gipfel der Ekstase bringe! Oh bist du gut! Jetzt Volldampf! Gib es mir! Ja, gut so! Langsam! Ja! Du lernst es noch und jetzt wieder etwas schneller! Geiles Stück du! Ich spritzeeeeeeee!"
Erneut strömte sein Saft in meinen Körper.
Endlich!
Nur entließ er mich nicht, wie ich es erhofft hatte und blieb weiterhin in mir stecken.
„Aller guten Dinge sind bekanntlich drei! Was meinst du Celine? Noch ein kleines Stößchen in dein geiles

Möschen? Saft genug hätte ich ja noch! Aber wenn ich mich jetzt verausgabe, reicht es mir vielleicht für den Arschfick nicht mehr! Was ist Ronan! Soll ich gleich mit ihr weitermachen? Hab sie gerade in den Händen und steif ist meiner auch noch! Brauch sie nur einmal zu drehen!"
Ich zuckte zusammen.
„Bitte nicht mehr! Ich kann nicht mehr! Und das was ihr jetzt vorhabt, will ich nicht! Ronan! Ich flehe dich an, lass es gut sein!"
„Mach weiter Mark! Viel Spaß! Da du einen besonders großen hast, ersparen wir ihr, dass Dirk oder Matze ihr die anderen Löcher stopfen. Wird sonst zu heftig! Du bist auch vorsichtig! Nimm jetzt die Vaseline dazu."
„Klaro, Chef!"
Ich konnte gar nicht so schnell gucken, da hatte er mich gedreht und in die Doggystellung verbracht. Ich sträubte mich, was nichts half. Ronan warf ihm die Vaseline zu. Lachend rieb Mark mir den Hintern damit ein. Er hatte teuflischen Spaß daran, seine Finger dabei in meinem Po verschwinden zu lassen.
Ich zuckte zusammen.
Diese Situation schien ihn scharf zu machen.
„Schmeiß mir doch mal einer den Superdildo rüber! Ich verpasse ihr einen Vorgeschmack, damit sie weiß, was auf sie zukommt."
Bevor ich einen Blick erhaschen konnte, was hinter meinem Rücken ablief, steckte dieses Teil plötzlich in mir.
Ich versteifte mich.
„Bleib locker! Ich stelle jetzt den Vibrationsmodus ein. Du wirst es mögen!", gab er von sich.
Brummend setzte sich dieses Gerät in Bewegung.
Mark lachte, kam mit seinem Körper ganz dicht an

meinen, damit der Dildo nicht herausrutschen konnte und rieb mir über die Pobacken. Ich stöhnte auf.

„Dachte ich doch, dass es dich scharf macht. Es wird noch besser, meine Liebe!"

Vorsichtig berührte er meine Schamlippen, was mich aufseufzen ließ und verschaffte mir nach kurzer Zeit einen Orgasmus der besonderen Art.

Ich verging fast vor Lust.

„Matze! Leg dich unter ihre Möse und lutsche sie! Ich werde ihr von hinten mit unserem fleißigen Spielzeug noch etwas Vergnügen verschaffen."

Wie lange ich dieses Spiel aushalten würde, wusste ich nicht.

Ich hasste die Kerle für das, was sie mit mir anstellten, doch einerseits genoss ich auch.

Ronan hatte mich die letzten Monate nicht angerührt und nun bekam ich alles doppelt und dreifach an Sex zurück.

Mark zog gerade vorsichtig den Dildo bis zum Ansatz heraus und schob ihn genauso langsam zurück.

Matze der unter mir lag, sorgte mit seinen gekonnten Fingerspielchen dafür, dass es mir erneut kam.

„Madam ist reif! Matze verschwinde! Ich übernehme den Rest! So und nun schön stillhalten, damit es dir nicht so arg weh tut. Ich führe jetzt meinen Charmeur ein und du wirst genauso viel Spaß haben, wie eben. Dein Arsch ist mindest genauso eng wie deine Möse! Ich mag es, wenn mein Guter innen eingezwängt ist. Es ist einfach nur Genuss und Lust! Gleich gehts los!"

Mark zog Mister Dildo, wie er ihn nannte, vollständig heraus, spreizte meine Pobacken und leckte mit seiner Zunge darüber.

„Ich schiebe dir meinen Lümmel rein! Schrei, wenn es schmerzt! Nicht versteifen! Achtung er kommt!"

Während er ihn langsam hinein schob, versuchte ich mich zu entspannen.
„Oh ja! Wie geil! Ich bin drin! Braves Mädchen! Nicht bewegen! Ich mache das für dich!"
Ich stöhnte als ich ihn in mir fühlte und musste noch zur Schande gestehen, dass es mir gefiel. Es spannte zwar etwas, aber sein dicker Penis füllte mich voll aus. Mark bewegte sich wirklich vorsichtig vor und zurück und kommentierte dauerhaft, was ich doch für ein versautes, geiles Dreckstück sei und er mich bis zur Bewusstlosigkeit vögeln würde. Viel dazu fehlte nicht mehr. Mir war von der vorherigen Behandlung, bereits schlecht. Mein Kreislauf machte Probleme. Ich hatte Durst.
Plötzlich geriet mein Reiter völlig außer Kontrolle und ich versuchte verzweifelt das Gleichgewicht zu halten.
„Verdammt! Mark, du tust mir weh!", schrie ich.
Marks Bewegungen in mir wurden heftiger. Er schlug auf meinen Po ein, beschimpfte mich und dann ergoss er sich laut brüllend. Wir kamen zur gleichen Zeit. Er stieß zweimal zu und zog sich endlich aus mir zurück.
Ich kippte nach vorne und blieb erschöpft liegen.
„Mein lieber Schwan! Ronan! Deine Alte ist echt gut zu handhaben! Im Moment kann ich nicht mehr, aber später zum Loch stopfen bin ich bereit! Wenn sich alle Huren so gut zureiten lassen würden, gäbe es keinerlei Probleme! Wer ist der Nächste von Euch? Sag nur, ihr Arsch ist enger als die Muschi!"
„Du bist noch mal dran Matze?", kam es von Dirk.
„Wollen wir ihr nicht ein paar Minuten gönnen, damit sie sich erholen kann? Dirk hol mir mal eine Flasche Wasser!"
Ich vernahm Matzes Stimme und drehte mich um.
„Danke! Wasser ist immer gut und für paar Minuten

Pause wäre ich auch dankbar!"
„Trinken? Ja! Pause? Nein! Wir sind hier nicht beim Wunschkonzert! Hier die Flasche! Mal sehen, ob du etwas gelernt hast! Wenn die Jungs später mit dir fertig sind, komm ich noch mal zum Zug!", prophezeite mir Ronan.
Ich trank ausgiebig und den Rest kippte ich mir über meine untere Region. Erleichtert stöhnte ich auf.
„Sag mal spinnst du?!", brüllte Ronan fragend.
„Nein! Ich habe mir nur etwas Linderung verschafft! Außerdem bin ich völlig trocken dort unten!"
„Die Linderung hattest du jetzt! Es geht weiter! Dreh dich um!"
Ich gehorchte und dann wurde ich erneut mit Vaseline eingerieben, wobei die Finger von Dirk ein paar Mal mit in meinem Hinterteil verschwanden. Er entpuppte sich ebenfalls als Pofetischist. Ich wusste was das hieß. Da Mark mir es ohne die anderen besorgt hatte, legte er sich jetzt unter mich. Ich erschrak und sah in die Richtung von Ronan.
„Das galt doch nur für den Arschfick von Mark. Die anderen haben nicht so große Schwänze und so kann Mark jetzt getrost unten mitmischen. Du wirst dich erst über ihn setzen, damit er seinen Prügel einparken kann und dann schiebt Dirk seinen von hinten nach! Guck nicht, dass klappt prima! Los jetzt oder willst du eine härte Gangart von mir! Ich habe keine Bedenken, dir eine Tracht Prügel zu verabreichen! Die Flittchen aus dem Puff kennen das schon! Ich will dich stöhnen hören! Du wirst die Beste und eine Bereicherung für den Puff sein!"
Marks Teil stand wie eine Eins und er grinste mich in Erwartung frech an.
„Nimm die Vaseline auch für unten, dann flutscht er

besser rein", gab er mir den Tipp.
Ich nickte und er beschmierte mich großflächig. Dann kniete ich mich über ihn, nahm sein monströses Glied in die Hand und führte ihn vorsichtig ein. Ich stöhnte auf. Selbst im Vorfeld bekam ich dadurch bereits einen Orgasmus und verkrallte mich in seinen Schultern.
„Ja! So ist es Recht! Was meinst du wie toll es für dich erst wird, wenn Dirk deinen Arsch und Matze deinen Mund so richtig poliert! Jetzt halt still und präsentiere Dirk deinen verlängerten Rücken!"
Ich nahm die Stellung ein und schon spürte ich den nächsten Schwanz in mich gleiten. Ein eigenartiges Lustgefühl durchströmte meinen Körper. Beide fingen an, sich langsam zu bewegen und ich stöhnte laut auf. Es fehlte Matze, der sich bereits über Mark stellte und mir nun sein Teil in den Mund schob. Ich schloss die Augen und schon ging es los.
Matze hielt mich an den Schultern fest und wurde von mir befriedigt, je nachdem wie die beiden mich vor und zurück schoben. Er war zuerst fertig und schaffte es nicht, sich rechtzeitig zurückzuziehen. So musste ich seine Spermien schlucken. Komischerweise machte es mir bei ihm nichts aus. Es strich mir über den Kopf und gesellte sich zu Ronan. Dirk und Mark wechselten sich mit ihren Stößen in mir ab und dann hatte ich meinen Höhepunkt erreicht. Ich brüllte alles aus mir heraus und feuerte die Jungs noch fleißig an. Dirk reizte mich bis zum Wahnsinn, indem er von hinten meine Schamlippen streichelte. Ich wand mich und verging vor Lust.
„Ja! Mach weiter so Celine! Ich spritz dir gleich in den Arsch, denn ich bin kurz vor dem Kommen! Jetzt! Es kommt!"
Ich spürte auch hier, wie sein Samen in mich pulste.

Ganz vorsichtig zog er sich aus mir zurück. Nun blieb noch Mark und der hatte eine Ausdauer, die mir Angst machte. Er bearbeitete mich mit kräftigen Stößen sehr intensiv und da ich nun direkt über ihm saß, lutschte und leckte er meine Brustwarzen. Genau das war mein wunder Punkt, hier war ich besonders empfindlich und empfänglich für Streicheleinheiten. Mark hatte schnell begriffen, welche Knöpfe er drücken musste.
Ich stand unter Dauerorgasmus!
Als er mich freigab, war ich fix und fertig.
Ich fiel regelrecht von ihm und blieb liegen.
„Weiter!"
Ich schüttelte den Kopf.
„Nein, Ronan! Bitte eine kleine Pause! Ich kann nicht mehr! Selbst wenn ich die von dir angedrohte Prügel beziehe!"
Die Männer guckten sich an und nickten.
„Gut! Viertelstunde dann geht es weiter!"
Ich schnaufte erleichtert auf.
Schweißüberströmt lehnte ich an der Aufzugwand.
„Tja, Celine! So schnell kann es gehen! Trotzdem, Hut ab! So etwas Geiles wie dich gibt es nicht noch einmal! Ich freu mich auch gleich auf dich!", gab Ronan zum Besten, lachte und reichte mir erneut eine Flasche.
Wütend warf ich ihm einen Blick zu, als ich Dirk von der Seite vernahm.
„Mal ehrlich jetzt Ronan, ich habe auch keinen Bock mehr! Für die nächsten Besteigungen hat mein Pimmel genug! Er muss sich etwas erholen, denn Celine ist der Hammer!", warf er ein.
„Ich würde gerne noch einmal, aber ich darf ja nicht!", ergänzte Mark.
Im Stillen dankte ich Gott.
So blieb nur noch Ronan und Matze.

„Ja, ich weiß! Celine wirkt sonst immer zurückhaltend. Wenn man allerdings beim Sex die richtigen Knöpfe bei ihr drückt, wird sie schärfer als eine Peperoni und ordinärer als ein Straßenköter!", gab Ronan von sich.
Ich verschluckte mich an meinem Wasser und hustete.
Mark und Dirk lachten dreckig, während Matze mich stillschweigend ansah.
Ich startete einen letzten Versuch.
„Ronan ich werde im Club arbeiten, wenn du es von mir unbedingt willst! Erspar mir weitere Behandlungen in dieser Art! Mir ist echt zum Kotzen!"
„Vergiß es! Ich rate dir wirklich an, deine Energie für weitere Vögelungen aufzusparen! Wie gesagt, die Kür kommt erst noch! Wir sind nur Pausenclowns und die richtig potentialen Kunden stehen zum Fick schon in den Startlöchern!"
Ich sah ihn fragend an.
„Was willst du mit mir anstellen, wenn ich mich dem verweigere?"
„Keller!"
Ich zuckte zusammen.
Sein Blick genügte und ich wusste Bescheid.
Die Viertelstunde war um.
„Auf ein Neues! Pause beendet! Celine du bist erneut gefragt!", kommandierte Ronan.
Matze war der Nächste und setzte sich zu mir.
Ronan kniete sich dazu.
Er bestand darauf, meinen Po bearbeiten zu dürfen.
Ich verstand nicht ganz, denn er hasste Analverkehr.
Es wurde klar, dass er einen regelrechten Sexmarathon auf meine Kosten mit Matze ausfechten wollte.
Ich war geschockt.
Somit blieb mir die Reiterstellung für Matze, auf die ich mich insgeheim freute.

Tickte ich eigentlich noch ganz richtig?
Hatte ich mich in Matze verguckt?
Schon kam der nächste Befehl von Ronan.
„Du bearbeitest jetzt mit deinem Mund den Schwanz von Matze, bis kurz vor dem Abspritzen! Ich bereite dich inzwischen von hinten für den Fick vor! Wenn du mit Matze soweit bist, Stellungswechsel! Reiterstellung! Ich darf dann deinen Arsch bearbeiten und glaube mir Baby, es wird hart für dich! Also, gib dein Bestes!"
Ich blickte Matze in die Augen. Er zwinkerte mir, wie schon einmal zu und winkte mich heran.
Ich rutschte zu ihm auf.
„Ich freue mich, wenn du es mir besorgst. Komm! Du hast es gleich hinter dir. Zeig mir, was du drauf hast!"
Matze legte sich hin und ich fing an, ihn ganz langsam und vorsichtig zu lutschen.
Kurze Zeit später, zeigte sich bereits der Erfolg.
Sein Schwanz stand erneut wie eine Eins.
Er stöhnte, griff in meine Haare und feuerte mich an.
„Ja, zeigs mir! Beeil dich, damit Ronan fertig wird und ich dich auf mir spüren kann! Pass auf, dass ich nicht vorher abspritze!"
Inzwischen berührte mich Ronan.
Ich stöhnte auf, als er mir zwei Finger seiner Hand in die Möse schob und hin und her bewegte. Nach mehr verlangend, schob ich mich nach hinten und hörte ein triumphierendes Lachen von ihm.
„Wusste ich doch, dass du bei dieser Behandlung wie ein Zäpfchen abgehst! Du bekommst gleich mehr! Ja, stöhne du nur! Mein geiles Teil wird auch langsam hart und dann besorg ich es dir so richtig! Achte du darauf, dass es Matze nicht gleich kommt! Wenn du es erneut verbockst, dürfen Dirk und Mark noch einmal drüber! Danach brauchst du nichts mehr und wirst froh sein,

deine Muschi zu kühlen! Und jetzt mach deine Beine ganz weit breit ich bin soweit! Jaaaaa…..oh mein Gott, diese Frau ist einfach unschlagbar! Du glühst! Herrlich wie sich das anfühlt! Jetzt bewege dich ganz langsam vor und zurück! Gut! Weiter! Deine Brustwarzen sind auch schon steif! Es ist einfach toll, dich so bearbeiten zu können! Ja! Stopp, sonst spritze ich ab! Ich zieh ihn jetzt raus und du setzt dich über Matze! Du lässt dich von ihm paar Mal stoßen und dann gehst du erneut in die Doggystellung, damit ich mein Teil in deinen Arsch versenken kann! Nun mach!"
Ich war dabei einen Orgasmus zu bekommen, als er sich abrupt aus mir zurückzog. Wütend schrie ich auf.
Matze der bemerkt hatte, dass es mir gerade kommen wollte, drückte mich nach hinten.
„Setzt dich auf mich! Schnell! Ich verschaffe dir einen Neuen!"
Ich gehorchte, schob mich über ihn und fing an mich rhythmisch zu bewegen.
Es dauerte nicht lange und es kam mir mit so einer Gewalt, dass mein ganzer Körper zitterte. Er zog mich zu sich und küsste mich ganz intensiv.
Ich bekam nicht einmal richtig mit, wie Ronan seinen prallen Schwanz in meinen Hintern versenkte.
Keuchend und stöhnend konzentrierte ich mich auf Matzes Streicheleinheiten.
Ich schrie erneut, als die nächste Orgasmuswelle mich überschwemmte.
„Oh mein Gott, Matze! Jaaaaa…..mach weiter! Ich bin schon wieder am Kommen! Bitte zögere es hinaus und spritz nicht gleich ab! So gut ging es mir noch nie bei einem Fick! Ich komme! Jaaaaaa!"
„Verdammt! Celine! Du Schlampe! Was hatte ich dir gesagt? Du sollst langsam machen! Nun hab ich doch

zu früh abgespritzt! Du weißt was das heißt? Dirk und Mark werden es dir noch einmal kräftig besorgen! Du blödes Miststück!", brüllte Ronan hinter mir.
Nach diesem Ausbruch schlug er mir mit Nachdruck ein paar Mal heftig auf den Po und entfernte sich aus mir.
Ich bekam Wut.
„Weißt du was Ronan? Es ist mir scheißegal, ob du zu bald gespritzt hast oder nicht! Jedenfalls ist Matze der Einzige, der es mir bisher so vorsichtig und liebevoll besorgt hat, dass ich zu meinem Spaß kam! Außerdem bin ich unten schon taub, dass mir alles egal ist!"
Nun hatte ich endlich freie Bahn für Matze und wir beide genossen nur noch.
Wir waren so miteinander beschäftigt, dass wir die drei Anderen völlig vergaßen.
Ich bemerkte nur, nachdem Matze mit mir fertig war, dass Dirk und Mark, auf Handbetrieb umgestellt und Steife bekommen hatten.
Stöhnend setzte ich mich auf.
Meine untere Region pochte und glühte.
„Over and out! Jungs ich bin satt, kann wirklich nicht mehr und mir tut alles höllisch weh! Jetzt möchte ich nachhause!", befahl ich.
Erschöpft schaute ich in die Runde.
Ronan schüttelte mit dem Kopf.
„Jetzt geht es erst so richtig los für dich, meine Liebe! Dirk und Mark dürfen es dir noch einmal zum Schluss so richtig besorgen. Mark zuletzt, damit du nicht aus dem Takt kommst! Danach werden sie gehen und nur Matze bleibt! Du wirst ihn bitter nötig haben, denn er wird dich betreuen, während drei frische Kerle es dir von allen Seiten weiterhin zeigen werden! Gewarnt warst du! Ach, es kommt Patricia dazu! Sie wurde von

mir eingeweiht! Solange man dich durchvögelt, wird sie alles überwachen und die Unterzeichnungen so gut wie möglich über die Bühne bringen!"

„Spinnst du! Wieso ausgerechnet Patricia! Ich will auf keinen Fall mehr weiterficken! Soll es deine Schlampe tun und wir werden ihr dabei zugucken! Sicher freut sie sich, wenn sie ein paar rammelnde Schwanzmeter in sich hat! Mal sehen, ob sie sich auch so gut zureiten lässt! Wage es nie wieder, mich zu vögeln, wenn du vorher in ihr gesteckt hast! Ich hätte bald gekotzt! Wer weiß, was die Schnalle sich schon geholt hat! Ich geh jetzt verdammt!"

Ich machte Anstalten aufzustehen, kam nicht weit, da Ronan irgendwelche Kommandos brüllte.

Dirk riss mich zu Boden.

„Still! Jetzt bekommst du die angedrohte Behandlung! Mark halt sie fest! Dirk du zeigst es ihr jetzt so richtig! Ich hatte dich gewarnt Celine! Die beiden sind meine Zureiter für die Nutten! Guck nicht so ungläubig, du einfältige Kuh! Matze ist nur der Barkeeper von dem du nichts weiter befürchten musst. Ich denke du hast es schon an der Behandlung gemerkt, die er bei dir ganz sanft angedeihen ließ. Ich verzieh mich jetzt mit Matze in die Tiefgarage um dort die Gäste zu holen. Die Jungs werden dich zwischenzeitlich weiter gefügig machen. Dauert sicher eine Viertelstunde und danach wirst du meinen Kunden, die auf geilen Sex im Aufzug stehen, etwas dienlich sein. Die Vorbehandlung war ein Geschenk zu unserem Hochzeitstag. Du kennst ja meine Vorlieben! Die Nachbehandlung ist ein äußerst wichtiger, geschäftlicher Deal, mit Option, die Ehefrau des Chefs vögeln zu dürfen! Quasi ein Extrabonbon von mir für meine Kunden! Bis dann! Viel Spaß mein Liebling! Jungs nicht vergessen, dass sie auf harten Sex steht, auch wenn sie sich ziert und wehrt! Alles nur Show! Gehört bei ihr zum Spiel, damit sie richtig geil wird!", gab Ronan lachend von sich.

„Verdammt! Ronan du verlogenes Dreckschwein! Ich werde das nicht für dich durchziehen!"

Er drückte den Aufzugsknopf und schon fuhren wir in die gewünschte Etage.

Lachend warf er mir eine Kusshand zu. Anschließend verschwand er mit Matze in die Garage.

Schon hatte ich die beiden anderen am Hals.

Dirk gab nach einer weiteren Besteigung auf, weil er keinen mehr hoch bekam.

Mark war am schlimmsten, bekam nicht genug und es machte ihm Freude, mich mit seinem Monsterpenis zu quälen.

„Endlich kann ich meinen Liebling mal so richtig in einer Möse auswinden! Celine du bist bis jetzt eines der schärfsten Drecksstücke, die ich geritten habe! Du bist sogar besser als eines unserer SM-Mädchen! Mir kommt es gleich wieder! Mach die Beine etwas weiter auseinander! Ich weiß es tut dir unten alles weh, aber du hast gleich noch zahlende Kunden zu befriedigen! Damit du nicht auf die Idee kommst, dich nachher zu verweigern, reite ich dich weiter ein. So bleibst du bis zum Eintreffen der Typen mehr als geschmeidig dort unten und spürst fast nichts mehr! Ich geh davon aus, dass diese biederen Hausmänner kleine Pimmelchen besitzen und es wird für dich eine Erlösung sein, wenn sie dich vernaschen! Jaaaaaa! So ist es gut! Beweg dich etwas! Verdammt, du wirst trocken. Dirk! Irgendwo habe ich noch eine Tube Gleitcreme im Rucksack! Hol sie, damit ich noch mal richtig durchstarten kann! Es geht munter weiter! Wir haben noch zehn Minuten meine Süße! Ich bin Dauerficker! Also keine Chance

daran zu denken, dass ich dich freigebe! Ahhhh! Jaaa! Ich habe so das Gefühl, dass du auf Langzeitfickerei stehst! Oh ja, jetzt wirst du wieder feucht und es wird so richtig flutschen! Bevor ich komme, reite ich dich noch einmal von hinten und dann hast du Ruhe! Hör auf nach mir zu schlagen, es nutzt dir nichts! Achtung! Stellungswechsel!"
Mit einem Ruck zog er sich aus mir zurück und drehte mich.
Ich hatte keine Chance. Nun befand ich mich in der Hündchenstellung. Mark lachte, zog mich sanft an sich und ich spürte sein erigiertes Glied zwischen meinen Schamlippen, die er damit reizte. Ich stöhnte erstickt auf, während er ein paar Mal zuschlug und mir die Arschbacken rieb. Er legte mir seinen prallen Schwanz zwischen den Po, schob ihn hin und her und machte Anstalten ihn hineingleiten zu lassen. Ich verspannte mich und so konnte er nicht eindringen.
„Keine Angst Baby, ich besorg es dir wieder in deiner Möse. Zur Strafe, weil du mir deinen Hintereingang verweigert hast, rufe ich jetzt Ronan an und bitte um weiteren Stossverkehr! Wer nicht hört, muss fühlen!"
Mark stand auf und holte sein Handy. Er schien das okay von Ronan bekommen zu haben, denn er grinste und drückte den Aufzug in die oberste Etage.
„Muss nicht gleich jeder von den Kunden hören, wie du beim harten Sex abgehst!"
„Scheißspiel! Ich habe keine Lust mehr!", maulte ich.
„Oh doch, du hast! Außerdem habe ich von Ronan die Genehmigung, dich verprügeln zu dürfen, falls du dich weiterhin so zickig benimmst!"
Lachend zog er mich an sich und griff zwischen meine Beine.
Ich gab auf.

„Braves Mädchen! Weil du kooperativ bist, werde ich dich nicht von hinten durchbumsen, sondern dir die Option der Reiterstellung gewähren. So komme ich auch tief genug und ich kann dir dabei ins Gesicht sehen und dir deine Titten bearbeiten. Ist doch ein fairer Deal! Ach ja, ich möchte nicht, dass du in dieser letzten Runde deine Augen schließt! Ich möchte dich sehen! Hast du das kapiert?"
Ich nickte.
„Okay, da mein Stinkerchen wieder etwas erschlafft ist, wirst du mir einen lutschen und Dirk wird deiner Möse wieder zur Feuchtigkeit verhelfen! Los geht es!"
Er drückte meinen Kopf in seinen Schoß und ich fing vorsichtig an zu lecken und zu lutschen. Mark stöhnte und nach ein paar Sekunden klopfte sein pralles Teil an meine Mandeln.
Erneut würgte ich.
Dirk hatte es inzwischen mit seinen Fingern geschafft, die nötige Feuchtigkeit für Mark herzustellen. Er gab grünes Licht.
„Steig auf und reite meinen Jonny hart, Baby! Es wird dein letzter Orgasmus für heute sein, denn die anderen Schlappschwänze wirst du nicht verspüren und ihnen einen vorspielen müssen!"
Ich setzte mich vorsichtig über ihn und führte langsam seinen Prügel ein. Dabei schaute ich ihm in die Augen. Er genoss, grinste mich an, hielt meine Oberarme fest, zog mich an sich und küsste mich fordernd. Ich gab seinem Drängen nach und saß, so halb seinen Penis in mir, über ihm. Er reizte mich, indem er mich an den Armen nach oben zog und dann nach unten drückte. So drang er immer ein Stück weiter ein und glitt dann wieder zurück. Zwischen diesen Aktionen küsste er mich intensiv und ließ mich nicht aus den Augen.

„Celine du bist wirklich Spitze und Ronan weiß nicht, was er an dir hat! Deine Bewegungen beim Sex, kannst du jederzeit anpassen, egal was dein Gegenüber gerade mit dir treibt! Ich möchte dir nicht weiter Schmerzen zufügen und bitte dich darum, diesen letzten Akt mit mir, ohne Druck und Gewalt zu beenden! Liebe mich wie einen Mann, dem du dein Herz geschenkt hast! Es kann losgehen!"
Ich stutzte. Was sollte das jetzt? Ich blickte ihn lange an, nickte und änderte meine Taktik in der Hoffnung, dass es kein Fehler war.
„Gut Mark, ich werde es tun, denn so gleichgültig bist du mir nicht. Ich habe deine Ritte mehr als genossen, auch wenn es ein paar Mal wehtat. Ronan bringt es seit geraumer Zeit sowieso nicht mehr so richtig und fickt lieber seine Sekretärin. Du hast ein hübsches Gesicht und im Normalfall würde ich dich auch nicht von der Bettkante schubsen. Bringen wir es Hier und Jetzt zu Ende, aber ohne Dirk. Ich möchte, dass er aus dem Aufzug steigt und unten mit den anderen wartet."
„Gut! Dirk du kannst gehen und gib Ronan Bescheid, dass es noch etwas dauert!"
Dirk nickte, öffnete die Tür und verschwand.
„So nun zu uns beiden! Dachte ich mir doch, dass du so reagieren würdest! Ronan hat mich vorgewarnt! So nicht mit mir, meine Liebe!"
Ich fluchte innerlich.
Grinsend drückte er mich mit einem Ruck nach unten, dass er den Rest seines Penis in mich schob. Mir blieb die Luft weg. Mark legte richtig los, umklammerte weiterhin meine Arme und verpasste mir den bisher heftigsten Ritt. Keuchend sog ich die Luft ein und schrie mir einen Orgasmus nach dem anderen aus der Seele. Mark rollte sich mit mir zur Seite, dass ich auf

dem Rücken lag und er über mir.

„Bitte Mark, nicht! Ich habe meine Worte vorhin ernst gemeint! Ich kann nicht mehr und wenn du so weiter machst, verlier ich die Besinnung! Mir ist schlecht und ich sehe bereits Sternchen!"

„Ich bin noch nicht mit dir fertig, denn ich hatte noch keinen Spritzerfolg! Weiter im Galopp meine Hübsche und du wirst es sicher aushalten! Jede hat mich bisher ausgehalten! Beweg dich!"

Ich resignierte und fing an, so gut es eben ging, mich mit seinem Rhythmus in Einklang zu bringen.

„Na geht doch und da wir alleine sind, brauchen wir keine Hemmungen zu haben! Lass dich fallen Celine und gib dich deinen Gefühlen hin! Jaaaa…so ist es gut! Mach weiter du geiles Stück! Hopp mein Püppchen, so zeigs mir doch! Deine Brustwarzen stehen wie eine Eins. Ich werde sie jetzt liebkosen, denn ich weiß, dass es dich schärfer macht! Reite weiter! Nicht aufhören! Ohh jaaaaa…das tut meinem versauten Schwanz gut! Stöhn du nur, denn ich werde dir meinen letzten Saft für heute einimpfen! Schau mir in die Augen! So ist es gut! Nun werde ich deine Beine auf meine Schultern zum Ritt in die Zielgerade legen!"

Ich keuchte, stöhnte, wimmerte, denn mich jagte eine Welle nach der anderen.

Obwohl ich nicht mehr konnte, feuerte ich ihn an. Lag es an dem Sexentzug von Ronan?

„Nein! Bitte bleibe so, ich hab noch nicht genug! So etwas ist mir noch nie passiert! Mach weiter! Du bist der Erste der mir zeigt, was es heißt kurz aufeinander folgende Orgasmen zu bekommen!"

Wie ich mich für meine Worte schämte.

„Ich fühle mich geehrt meine Liebe, doch es wird Zeit, denn du sollst ja noch andere bedienen!"

Mit einem Ruck zog er meine Beine nach oben und so ging es noch mal richtig zur Sache.
Wir vögelten, schrieen und stöhnten um die Wette. Ich verkrallte mich in seinen Rücken und bei jedem Höhepunkt den ich hatte, zerkratzte ich diesen. Mark schien das anzustacheln, denn er stieß jedes Mal heftiger zu.
Unsere verschwitzten Körper gaben äußerst seltsame Schmatzgeräusche von sich.
Mark hielt mich eng umschlungen in seinen Armen und während eines gemeinsamen Orgasmus, den wir durchlebten, bäumte er sich auf und explodierte erneut in mir.
Keuchend schob er meine Beine von seinen Schultern und zog mich hoch, so dass ich kniend auf ihm saß. Er drückte mich eng an sich und streichelte über meinen Rücken.
„Ich danke dir Celine! Schade, dass wir uns auf diese Weise kennen gelernt haben! Du bist eine tolle Frau!"
Vorsichtig legte er mich zurück, grinste mich frech an, stieß noch zweimal zu und zog sich dann aufstöhnend ganz langsam aus mir zurück.
Eine letzte Welle durchströmte meinen Körper.
Ich schrie verhalten auf.
„Celine du musst jetzt stark sein, weil du noch einmal hart hergenommen wirst. Ronan hat ein Versprechen gegeben, sonst verliert er alles. Halte durch! Wir sind in deiner Nähe! Es kann dir nichts passieren! Ich fahre jetzt in die Tiefgarage!"
Ich nickte. Mir war alles egal, denn ich hatte unten gar kein Gefühl mehr. Mark reichte mir ein Handtuch aus einem der Rucksäcke, damit ich mich säubern konnte. Dankend nahm ich es entgegen.
Kurze Zeit später, öffneten sich die Aufzugtüren und

ich erblickte Ronan. Mark stieg aus dem Lift, flüsterte ihm leise etwas ins Ohr, worauf er nickte und dann betraten Patricia, Ronan und die Kunden den Aufzug.
„Meine Herren, dass ist meine Frau, die sie sofort, wie ausgemacht, zu ihrer Zufriedenheit bedienen wird. Da dieser Aufzug zum Glück ein Lastenaufzug ist und heute speziell zum Lasteraufzug nach ihren Wünschen umdeklariert wurde, müssen sie keinerlei Bedenken haben. Er wurde getestet und hält unserem Vorhaben stand. Wer möchte zuerst? Äußern sie ihre Wünsche. Sie werden ihnen umgehend erfüllt. Meine Sekretärin wird nach dem ausgeführten Fick, der Herren, den vorgefertigten Vertrag zu meinen Gunsten abzeichnen lassen. Viel Spaß! Wir werden sie wieder verlassen und die Spiele können somit beginnen! Bevor ich es jedoch vergesse, einer meiner Angestellten wird meiner Frau Celine zur Seite stehen. Ich bitte um Nachsicht, denn sie hat heute schon einiges mitgemacht! Matze walte deines Amtes!"
Nach diesen Worten verließ er mit Patricia den Lift und Matze stieg dazu.
„Welchen der Herren möchtest du zuerst bedienen?"
„Es ist mir egal! Lass die Kunden entscheiden!"
„Ich möchte zuerst!", gab ein dicker, ekliger Fettsack von sich.
Ich schluckte und schüttelte mich innerlich.
Nachdem die Entscheidung gefallen war, fragte Matze nach, ob die anderen dabei zugucken wollten.
Alle nickten und waren sich einig, dass sie so eher zu einer Erektion kamen.
„Was für Vorlieben haben sie?", fragte ich den Ersten.
„Hündchenstellung! Ist das machbar?"
Ich nickte und, kniete mich in seine Richtung.
Schon stand er schnaufend hinter mir und streichelte

gierig mit seinen Wurstfingern über meinen Körper.
„Gute Ware! Ihr Mann versprach außerdem, dass wir sie ohne Kondome befriedigen dürfen! Gilt das?"
„Wenn es abgemacht war, gilt es natürlich! Ein Mann, ein Wort!", gab Matze von sich.
„Ein Prügel, ein guter Fick!", lachte der Kunde.
Ich hörte wie er eilig den Reißverschluss seiner Hose öffnete und diese zu Boden glitt. Ich verspürte seinen warmen Schwanz an meinem Hintern, wo er ihn ein paar Mal abklatschte. Dann kniete er sich hinter mich und fing an mich zu beschnüffeln.
Ich zuckte zusammen und blickte zu Matze.
„Ich glaube das mit der Hündchenstellung wird wohl nichts! Würde die Dame auch eine Missionarsstellung akzeptieren? In meinem Alter kann man nicht mehr so lange knien! Die Knochen! Sie verstehen?"
Matze antwortete für mich.
„Kein Problem! Celine wird auch diese Stellung für sie einnehmen!"
Ich nickte und legte mich auf den Rücken.
Mein Gegenüber schnalzte mit der Zunge und fing an, meine Schamlippen zu befummeln.
Ich stöhnte auf und öffnete meine Beine etwas weiter.
Im Hintergrund fingen die anderen Herren an unruhig zu werden, öffneten eilig ihre Hosen und zogen ihre Schwänze heraus. Gemächlich fingen sie an sich selbst zu befriedigen. Immer mit Blick auf meine Möse.
Wenn diese ganze Situation nicht so extrem gewesen wäre, hätte ich mich wohl vor Lachen gebogen.
So dachte ich nur an die Worte von Mark.
Diese Minischwänze würden Erholung für mich sein.
Mein erster Kunde spielte geschickt mit seiner Zunge an meiner Klitoris und erreichte tatsächlich, dass ich nach kurzer Zeit einen Orgasmus bekam. Dies schien

wohl auch für ihn das Zeichen gewesen zu sein, denn er wälzte sich auf mich und versenkte seinen Schwanz in mir, der trotzdem eine beträchtliche Länge hatte. Erstaunt zuckte ich zusammen und dann legte er auch schon los. Er beherrschte tadellos die Kunst mit mir und meinem Körper zu spielen. Er nuckelte wie ein Säugling schmatzend an meinen Brüsten herum. Nach kurzer Zeit kam ich zu einem neuen Höhepunkt.
Grunzend drangen Kommentare an mein Ohr.
„Jaaaa! Mädchen du bist geil! Ronan hat nicht zuviel versprochen! Eng, so eng! Heiß wie in einem Vulkan! Beweg dich, damit ich meinen Saft in deine scharfe Grotte spritzen kann! Mach mir die Melkmaschine! Jaaaa…..so ist es gut! Jetzt etwas langsamer! Bleib so! Ich glaube gleich kommt es mir! Jaaa….jetzt, jetzt! Ich spritze ab!"
Nicht nur ihm kam es sondern auch mir.
Ich war froh, dass Matze sich hinter mich kniete, mir Beistand leistete und die Hand hielt in die ich mich laut keuchend verkrallte.
Der Kunde grunzte ein paar Mal, stieß nach und zog sich dann enttäuscht, dass er keinen mehr hoch bekam aus mir zurück.
Er stand auf und bedankte sich bei mir.
Schwärmend erzählte er den Anderen, was ich für eine süße, feuchte Möse hätte und er es bedauere, dass er nicht länger darin verweilen konnte. Er wünschte viel Spaß und ließ sich dann von Matze zu Ronan für die Unterzeichnung des Vertrages bringen.
Inzwischen war der Nächste an mich herangetreten.
„Ich würde gerne die Hündchenstellung ausführen, da komm ich immer so tief rein. Wenn sie wirklich so eng sind, wird das ein wahres Vergnügen für mich."
Ich nickte, mit einem Blick auf sein erigiertes Teil und

wich etwas zurück.

„Darf ich wissen, wie viel Zentimeter ihr Lümmel hat. Eine beträchtliche Größe, die mir im Vorfeld nicht so erschien."

„Ja, ich weiß! Es verschätzen sich viele! Ich komme auf dreißig Zentimeter. Frauenqual nennt man so was. Ist er ihnen etwa zu monströs? Wenn ja, würde es die Unterzeichnung des Vertrages schwer beeinträchtigen! Mir wurde versichert, dass sie das packen!"

„Wenn sie behutsam vorgehen, dann ja! Also, bringen wir es hinter uns!"

Ich drehte mich wieder in die Doggystellung und dann führte mir der zweite Geschäftskunde meines Mannes, nachdem er mich mit Gleitcreme eingeschmiert hatte, diesen Peiniger in mich ein.

Ich stöhnte auf, denn er hatte auch eine beträchtliche Dicke. Ich wurde komplett damit ausgefüllt und hatte das Gefühl zu platzen.

„Sie sind wirklich sehr eng. Wie herrlich! So heiß! Da kommt es mir sicher bald! Ich muss jetzt schon an mich halten! Würden sie sich leicht bewegen, damit ich ihn etwas anpassen kann? Ja, gut so! Ohhhh! Ich stoße jetzt ein wenig zu! Schreien sie, wenn es weh tut!"

Schon ging es los. Der erste Stoß durchfuhr mich wie ein Messerstich und ich schrie laut auf. Es bestärkte ihn aber weiter zu machen. Beim zweiten und dritten ging es schon besser und dann hatte ich mich wie bei Mark, auch bei ihm soweit angepasst und um von einem Höhepunkt in den anderen zu fallen, musste er nicht besonders viel dazu beitragen.

„Jaaaaa…..tut das gut! Sie sind wirklich die geilste und schärfste Person, in der ich je gesteckt habe! So lange hat es noch keine ausgehalten und mein Kleiner wird heute, nach diesem Ritt sehr glücklich sein! Kreisen sie

etwas ihr Becken! Ja, gut so! Ich stoße jetzt wieder! Oh jaaaaa! Weiter kreisen! Herrlich! Ich stoße irgendwo an! Wie geil! Es kommt jetzt! Nein nicht!"
Er stieß und stieß und stieß und ich fragte mich, wann es ihm endlich kam. Langsam fing er an, mir doch weh zu tun.
„Ich möchte sie gar nicht mehr verlassen! So warm, so feucht und eng!"
Inzwischen war Matze wieder erschienen und zeigte mit dem Daumen nach oben.
Der erste Vertrag war also unter Dach und Fach.
Ich stöhnte auf, als mich der nächste harte Stoß von meinem Rittmeister traf.
Matze erkannte die Situation.
Er eilte auf mich zu, kniete sich vor mich und blickte mir in die Augen.
„Was ist los?"
„Dreißig Zentimeter!", erklärte ich erschöpft.
Der nächste Stoß wurde so heftig geführt, dass mir schlecht und kurz schwarz vor Augen wurde. Ich griff nach der Hand von Matze und schaute ihn flehend an.
„Mein Herr, ich möchte sie bitten langsam zum Ende zu kommen, da ihr Kollege sein Schiff auch noch so schnell wie möglich versenken möchte. Es freut uns, dass sie sich in Madam so wohl fühlen. Vielleicht beim nächsten Mal länger? Wer weiß? Sie können Celine im Swingerclub jederzeit buchen, denn sie wird ab heute einmal die Woche ein fester Bestandteil sein!"
Ich blickte Matze entsetzt an und dieser grinste nur.
„Warum haben sie mir das nicht schon vorher gesagt! Somit werde ich diesen geilen Ausritt sofort beenden! Ich bin Arschficker! Eben weil mein Schwanz so groß ist und habe es mir nur verkniffen! Das kann ich dann ausnutzen! Es geht los!"

Und wie es losging. Ich kam aus dem Schreien nicht mehr heraus, denn er nahm jetzt keine Rücksicht mehr und stieß ordentlich zu. Meine Höhepunkte schlugen in Schmerz um und ich betete, dass er endlich kam.
„Geile Stute! Ich gebe dir die Sporen und werde dich mit meinem Samen überschütten! Jaaaa…er freut sich, dass er sich mal richtig austoben kann! Beweg dich ein klein wenig! Ja! Gute Beckenführung! Ohhh jaa….ich glaube jetzt kommt es mir! Jaaaaaa…...ich spritze jetzt ab!"
Er umkrallte meine Pobacken und schon spürte ich, wie er sich zuckend in mir entleerte. Ich hoffte er hatte nun genug, spürte noch einige Stöße, dann zog er sich mit bedauernden Worten aus mir zurück.
„Madam, seien sie gewiss, ich werde ihnen demnächst meine Aufwartung in diesem Etablissement machen und dann holen wir das alles noch einmal nach! Meine Verehrung, schönen Tag und einen guten Fick noch mit meinem Kollegen!"
Matze brachte ihn nach draußen und war kurz darauf mit Daumen nach oben, wieder bei mir.
Ich konnte nicht mehr und er sah mir das auch an.
Nur ich musste!
Der letzte Kunde wartete bereits mit geladener Flinte.
„Ich würde gerne die Reiterstellung ausführen!"
Bevor ich überhaupt etwas dazu sagen konnte, lag er schon neben mir und deutete auf seinen Ständer. Mir war inzwischen alles egal.
Ich setzte mich über ihn, führte mir sein Teil ein und begann mich in sanften rhythmischen Bewegungen auf ihm zu bewegen.
Er nahm meine Brüste, liebkoste sie und dann kamen wir ohne Umschweif zum Höhepunkt. Dieses Mal zur gleichen Zeit, ohne viel Worte und Palaver.

„Ich danke ihnen und auch wir werden uns demnächst im Swingerclub sehen. Dort werde ich es ihnen sehr ausgiebig und spritzig geben. Ich denke, sie haben für heute mehr als genug Geschäftssinn für ihren Mann gezeigt! Schönen Abend!"
Nach diesen Worten verschwand auch er mit Matze, der nach kurzer Zeit bei mir erschien und erneut den Daumen nach oben hielt.
„Celine, du hast es geschafft! Ronan ist seit eben ein stolzer Besitzer eines Swingerclubs, eines Spielcasinos und eines Stundenhotels! Gratuliere!"
Ich heulte los, denn ich konnte nicht mehr. Langsam stand ich auf. Meine Knie zitterten wie Espenlaub und mein Unterleib war nicht mehr spürbar.
„Scheiß auf sein verficktes Dreckzeug! Ich will sofort nachhause! Ich muss unbedingt duschen und dann will ich nur noch schlafen! Wo ist Ronan?"
Matze wich meinem Blick aus.
„Wo ist Ronan?!"
„Mit Patricia und den Herren, die es dir wunderschön besorgt haben, ganz locker feiern!"
„Danke für deinen Sarkasmus! Ich habe ihn verdient! Dirk und Mark? Wie ich deinem Gesicht entnehme auch feiern! Wieso bist du noch da? Sicherlich hast du auch eine Einladung bekommen! Super! Ich vögle die Geschäftspartner meines Mannes, damit er *so* wichtige Abschlüsse machen kann und dann vergisst man doch ausgerechnet die Hauptperson einzuladen!"
Wütend sammelte ich meine kaputte Kleidung ein und eilte Richtung Aufzugtür.
Plötzlich taumelte ich und knickte weg.
Matze griff nach mir und stützte mich.
„Celine! Willst du etwa so in die Öffentlichkeit?"
„Ist mir im Moment so was von Latte! Bring mich nur

nach Hause! Bitte!"
Matze nickte, holte aus seiner Tasche eine Sporthose und ein T-Shirt von sich und hielt es mir entgegen.
„Zieh das lieber an! Es ist frisch gewaschen!"
Dankend nahm ich es entgegen und schlüpfte hinein.
„Etwas zu groß, aber okay!", gab ich von mir.
„Kannst du laufen, Celine?"
„Weniger, aber ich werde es schon schaffen!"
Ohne ein Wort zu sagen, hob er mich hoch und eilte zu seinem Pickup. Vorsichtig setzte er mich hinein.
„Willst du in eure Wohnung oder lieber zu mir. Keine Angst! Ganz ohne Hintergedanken. Es tut mir leid, was heute geschehen ist. Wie konnte ich mich je auf so etwas einlassen."
„Vergiß es! Was passiert ist, ist nun passiert! Du weißt, dass Ronan eine ziemlich heftige Neigung Richtung SM hat. Einiges war abgesprochen, nur nicht, dass er vorher seine Sekretärin vögelt und euch mit ins Spiel bringt. Geschweige diese Geschäftsleute. Ich bin selbst schuld und wollte beweisen, dass ich mithalten kann."
Bevor Matze die Tür seines Autos zuschlug, strich er mir zärtlich über das Gesicht und stieg dann selbst ein.
„Celine? Ich bin übrigens Stefano! Matze werde ich im Club genannt. Ich wollte es nur sagen. Natürlich bleibt es dir überlassen, wie du mich ansprechen möchtest."
Ich schaute ihm lange in die Augen und nickte nur.
Schweigend fuhren wir in sein Appartement.

Matze/Stefano hatte mich in seine Wohnung getragen und auf einer urgemütlichen Couch abgesetzt.
Plötzlich wurde mir schlecht und ich sprang auf.
„Schnell! Toilette!", schrie ich.
Während ich verzweifelt würgte und bemüht war, dass Wohnzimmer von ihm nicht zu versauen, erkannte er

die Situation und zog mich hinter sich her in Richtung Bad.
Kurze Zeit später übergab ich mich fürchterlich.
Heulend und zitternd saß ich vor dem Klo. Ich war fix und fertig. Vorsichtig erhob ich mich, strauchelte und wurde von Stefano aufgefangen.
Ohne große Worte zu verlieren, setzte er mich auf die Couch zurück.
Er räusperte sich.
„Möchtest du einen starken Kaffee?"
Ich nickte nur und er verschwand in die Küche.
Kurz darauf hörte ich die Maschine laufen.
Ich schloss die Augen, lehnte mich zurück und hoffte auf etwas Entspannung.
Aus dem Hintergrund ertönte leise Jazzmusik.

„Celine? Guten Morgen! Wie fühlst du dich?"
Ich schrak hoch und schaute mich desorientiert um.
„Stefano! Hab ich die ganze Nacht hier verbracht? Oh mein Gott! Das gibt Ärger mit Ronan! Ich muss sofort nach Hause! Kannst du mich fahren? Lieber nicht! Ruf mir ein Taxi!"
Was hatte ich mir nur dabei gedacht!
„Hast du vergessen, was gestern passiert ist? Du bist halb nackt mit mir hier angekommen! Willst du so ins Taxi steigen und dich bei den Nachbarn zum Gespött machen? Ich denke nicht!"
Aufstöhnend setzte ich mich hin.
Er hatte Recht!
„Du kennst Ronan nicht! Sanktionen wird es für mich geben! Mir reicht die Aktion von gestern!"
„Bleib ruhig! Ronan weiß Bescheid! Ihm war es sogar ganz Recht, weil er noch mit allen im Swingerclub war. Ich soll dir nur ausrichten Gangbang und du wüsstest,

was er meint."
Ich zuckte zusammen.
„Ja! Seine Art zu entspannen! Vor heute Abend wird er nicht nach Hause kommen. Ich muss jetzt trotzdem gehen. Danke, das ich hier übernachten konnte, sonst läge ich wohl immer noch halbnackt durchgevögelt im Lastenaufzug!"
„Darf ich dich etwas fragen?"
„Ja!"
„Warum lässt du dich von Ronan so erniedrigen? Du bist hübsch, intelligent und reich! Jeder Andere würde dich auf Händen tragen! Ich versteh es nicht!"
Ich seufzte.
„Da gibt es eine Vorgeschichte! Ich war schon einmal verheiratet! Wurde betrogen und geschlagen! Damit so etwas nicht mehr passiert, habe ich geschworen, nur noch mit Ehevertrag. So weit, so gut! Ronan stimmte zu und wir beide unterzeichneten. Vor drei Monaten präsentierte er mir, dass ich mein Erbe nun verloren hätte und an ihn übergegangen wäre. Anfangs lachte ich noch und war mir sicher, dass er mich verarscht. Als dann Tage später die Führung tatsächlich ohne Absprache mit mir an ihn überging, wurde ich stutzig und hakte akribisch nach. Der Notar bestätigte mir, die Richtigkeit und empfahl mir den Vertrag gründlich durchzulesen. Auf der vorletzten Seite hatte Ronan, so ganz nebenbei und klammheimlich, einen Passus kurz vor der Unterzeichnung, von Patricia einbauen lassen. Ich erinnerte mich, dass er vor dem Abschluss eine Tasse Kaffee umgestoßen hatte, der den Vertrag völlig versaute. Mit einer Entschuldigung stand der auf und versprach alles neu ausdrucken zu lassen. Er rief nach Patricia, erklärte was passiert war und forderte sie auf, den Vertrag neu zu erstellen und wiederzubringen. Ich

denke die beiden hatten im Vorfeld abgesprochen, wie sie mich über den Tisch ziehen konnten. Inzwischen ergänzte Patricia diesen für mich so verhängnisvollen Zusatz. Ich dumme Kuh unterschrieb gutgläubig ohne ihn erneut durchzulesen und kickte mich so selbst ins Aus. Ronan nutzt die Gelegenheit und ich bin von ihm finanziell abhängig geworden."
„Schon daran gedacht, den Vertrag anzufechten? Was er da macht ist Betrug und Nötigung!"
„Natürlich habe ich daran gedacht! Nur habe ich keine Zeugen und ich hege den Verdacht, dass der Notar in diesem Spiel mit integriert war. Kurz darauf konnte er sich eine Villa und Luxuskarossen leisten. Mein lieber Ehemann präsentierte mir anschließend, dass er beim Sex auf härtere Sachen steht. Sollte ich mich weigern, ihm in dieser Art dienlich zu sein, würde er sich sofort von mir scheiden lassen. Ich habe bei der Unterschrift nämlich auch noch den Zusatz übersehen, dass ich bei einer Scheidung, keinen Anspruch, egal aus welchem Grund, auf Unterstützung von ihm habe."
„So einfach, wie er sich das vorstellt, geht das nicht!"
„Bitte misch dich nicht ein! Ich habe es vor knapp drei Monaten schon einmal versucht, mit dem Erfolg, dass Ronan mich windelweich geprügelt und über eine gute Woche in den Keller gesperrt hat. Ich war übersät mit blauen Flecken und das war noch nicht alles. Er hat mich an sein selbst kreiertes Andreaskreuz gefesselt und seinen Fetisch an mir ausgetestet. Bitte erspar mir die Einzelheiten! Solange ich mich ruhig verhalte und ihn gewähren lasse, seine Sexpraktiken auszuleben bin ich noch in Sicherheit. Du konntest gestern erleben wie er tickt!"
Stefano sah mich lange an und zog mich in die Arme. Ich spürte seinen warmen Körper an meinem, schloss

die Augen und fühlte mich für einen kurzen Moment geborgen.
„Es tut mir leid, was ich dir gestern angetan habe. Ich hatte doch keine Ahnung. Ronan hat uns erklärt, dass du auf solche Spielchen voll abfahren würdest und wir nicht aufhören sollten, wenn du darum bittest, denn es würde für dich dazugehören und du hättest es dir zum Hochzeitstag gewünscht."
„Ich werde es überleben! Bring mich bitte ganz schnell nach Hause!"
„Bist du sicher?"
Ich senkte den Kopf.
„Nein", hauchte ich.
„Folgender Vorschlag! Ich rufe Ronan an und erkläre ihm, dass du völlig fertig bist und es besser wäre, wenn du noch ein paar Tage hier bleibst, damit du dich erst einmal beruhigst. Natürlich kannst du das Gespräch mithören. Ist das in Ordnung für dich?"
Nach kurzem Überlegen nickte ich.
Stefano griff nach seinem Handy. Kurz darauf hatte er Ronan in der Leitung. Er erklärte ihm, was wir beide abgesprochen hatten und schon kam Order.
„Matze du bringst mir dieses verdammte Miststück in ungefähr drei Stunden, frisch geduscht, gestylt und an allen Stellen aufgepimpt hier in den Swingerclub! Einer der Kunden ist noch hier und hat nach Celine gefragt. Du erinnerst dich sicher an den schmierigen Fettwanst von gestern. Er war von ihrem Arsch begeistert und hat mich genervt. Schien wohl ein Problem wegen seiner Knie mit dem Besteigen gehabt zu haben, weil es im Aufzug zu unbequem war. Du kannst sie gleich in die SM-Kemenate bringen. Er steht wohl auch auf ein paar schweinische Spielchen. Faselte etwas von Gyn-Stuhl und Liebesschaukel. Mir ist es egal ob ihre

Möse schmerzt. Irgendwann wird sie daran gewöhnen und dort Hornhaut ansetzen. Bleibt sie wenigstens für die nächste Zeit in Form. Noch Fragen?"
„Nein! Geht klar! Bis dann!"
Während diesem Gespräch war mir schlecht geworden und ich rannte ins Bad um mich erneut zu übergeben. Stefano war mir gefolgt und wartete, bis es mir besser ging. Als er mir helfen wollte, verlor ich die Nerven und brüllte ihn an.
„Herzlichen Dank du Idiot! Ihr Kerle denkt wirklich nur mit euren Schwänzen! Jetzt darf ich mich wieder als Opfer zur Verfügung stellen! Hätte ich dich nicht anrufen lassen, müsste ich mir da jetzt nicht antun! Du bringst mich nach Hause, damit ich mich stylen kann! Entweder nehme ich ein paar Schmerztabletten ein oder ich besaufe mich vorher bis ich auch nichts mehr mitbekomme. Ekelhaft, wenn ich an diesen Fettklops denke, der wie ein Trüffelschwein an meinem Hintern geschnüffelt hat!"
Wütend eilte ich zur Tür.
Stefano folgte nach und brachte mich nach Hause, wo ich eilig unter die Dusche verschwand.

Stunden später trafen wir beim Swingerclub ein.

Die Geschichte von Celine wird weitererzählt in dem Doppelband

„Heiße Spielchen im Swingerclub"